U0947143

艳阳夏露

王娴静／著

文化艺术出版社
Culture and Art Publishing House

图书在版编目（CIP）数据
艳阳夏露 / 王娴静著. —北京：文化艺术出版社，
2017.2
ISBN 978-7-5039-6239-4
Ⅰ. ①艳… Ⅱ. ①王… Ⅲ. ①诗集－中国－当代
Ⅳ. ①I227
中国版本图书馆CIP数据核字（2017）第007833号

艳阳夏露

著　　者　王娴静
责任编辑　巩建华
封面设计　姚雪媛
出版发行　文化艺术出版社
地　　址　北京市东城区东四八条52号　（100700）
网　　址　www.whyscbs.com
电子邮箱　whysbooks@263.net
电　　话　（010）84057666（总编室）84057667（办公室）
　　　　　（010）84057691—84057699（发行部）
传　　真　（010）84057660（总编室）84057670（办公室）
　　　　　（010）84057690（发行部）
经　　销　全国新华书店
印　　刷　国英印务有限公司
版　　次　2017年3月第1版
印　　次　2017年3月第1次印刷
印　　张　9.25
字　　数　100千字
开　　本　880 毫米 × 1230 毫米　1/32
书　　号　ISBN 978-7-5039-6239-4
定　　价　32.00元

目　录

那一朵云

那一朵小白云
最是悠然
仿佛天空是沙滩
她是度假的少女
身着海洋一样颜色的比基尼
清清爽爽
双手相叉背于脑勺架腿躺着
松松洒洒
她说
我舒服
这样足够了
我青春
这样证明了
我不为别人活着
为了自己
我不在意别人看法
在意本心
那一朵云
活出了真性情
活出了真自我

白裙少女

白裙少女
静静婷婷
不沾铅华
未晕烈香
微步轻移蝶悄随
樱唇悠启花羞醉
风抚裙摇青丝舞
光淋肤莹眼波璀
飘逸
清澈
纯粹
白裙，少女
合为一体
白裙似少女
少女是白裙

白衣少年

白衣少年
蔚蔚然然
不悔往昔
未惧来年
大步朝前云欲随
俊眉轻展山安泰
风摇衣摆发秀林
光照肤黝皓齿闪
阳光
洒脱
坦荡
白衣，少年
合二为一
白衣似少年
少年是白衣

梦见你

我是真的梦见你了
清清楚楚，真真切切
因为　不止一次了
我们在月下拥舞
或在云中高歌
你轻唤我的乳名
我静依你的旁侧
那里有我永远的青春
是你不息的奋搏
梦
虽虚幻
却是我们思绪的沉着
透过梦境
灵魂显烁

你始终心疼我

你始终心疼我
尽管要求严苛
每每暗中观摩
生怕我不堪重荷

你始终心疼我
即使规矩繁多
时时私下悔踱
苦恼我承受不过

你始终心疼我
虽然你从不言说
但我知晓感激
心中温热

我为什么这样活着

我为什么这样活着
为了一点点私欲
心思熬尽
为了一毫毫名利
灵魂遗去
为了一丝丝称誉
固守抛弃

值得吗
不值一提
永远不如
最初的自己

影子

我是你的影子
尽管我没有颜色
尽管我不能诉说
尽管我只能默默在你身后跟着跟着
但谁也夺不去我心中的快乐
因为我可以一直看着你
而且永远是离你最近的一个
你静思我陪着
你漫步我伴着
你欢舞我随着
就连你在睡梦中
我也拥着搂着守着候着
能够这样的爱你才是我最大的幸福
崇高的荣耀
爱人啊，不安时你就回头看看吧
有我有我
疲惫时你就停下望望吧
有我有我
失落，压抑，烦恼，忧伤……

都有我
我永远在你身后
跟着跟着

人生

人生如此
好像过了一辈子
纯粹透彻地笑过
撕心裂肺地哭过
全然不顾地爱过
肝肠寸断地痛过
应有尽有地享受过
点滴不剩地失去过
众星捧月地簇拥过
月转星移地寂寞过
如何如何
尝尽尝尽
人生百味
妙处何说

痴傻

谁敢说自己是永恒的智者
一刻也不曾痴傻
试问
谁没有痴等过
谁没有傻盼过
没有为了美丽而虚幻的梦想痴着过
没有为了绚烂却短暂的瞬间傻守过

错了吗
敢于痴傻
甘于痴傻
才是真正的智者
活着的意义
不是为了一步不错
恪守结果
而是为了付出的无悔
投入的忘我

深巷

几尺宽的小巷
古老的地砖
岁月的瓦片
木窗
风吹吱呀
灰墙
雨打渗湿
慢慢地走吧
和这巷子一起老去
细细地看吧
把心和梦留在这深深的小巷

第一眼

她
身着白纱
裙儿飘飘
她
不染铅华
颜儿淡淡
他
肩负重托
目光定定
他
气宇非凡
情怀浓浓

四目一对
时间凝结
两心相吸
天地交融

魂安

富贵是烟，会散去
美貌是花，会凋零
盛名是火，会燃尽
对这些终将逝去的
我不会狂奔追赶
就让它们按自己的速度
自然而然地离开吧
我只想一心守护好我的灵魂
只求她的安稳
只要魂安
寒冷也将不再畏缩
黑暗也将不再害怕
只要魂安
再渺小也是伟大
再平凡也是璀璨

何

至爱的双亲
可知道你们给了我什么
健硕的体魄
安宁的魂窝
这就是至高至卓啊
若干年后
我能给我的孩子什么
沉默沉默
心中爱无限
不知酿之何

你知道的

我为何苦思不得
辗转反侧
你知道的
我为何开怀一笑
振翅一搏
你知道的
我喜我悲
你皆知
我赞我怨
你可道

友

那么多年
那么些天
都忘了吗
那几个人
那样的事
全去了吗
你忘我没忘
你去我未去
虽是匆匆
值得纪念
即使淡淡
永远祭奠

岸

昼的岸是日
夜的岸是月
山的岸是云
水的岸是尘
禅的岸呢
是心
何以到达
沉思，静修，远行
达智慧之岸
触菩提之灵

无憾

朝生夕将辞
一晃即终身
旁侧嘘短促
幸得汝意真

菩提月

清身融枯寒
光淋静默安
此参不设宫
月是菩提岸

做人

做人是很容易的
慷慨即可
做人是不容易的
付出不舍
慷慨与否
一念之差
舍与不舍
一线之隔

她

百千芳华不及她
万亿星辰未敌她
她是梦思她是盼
一颗心舍全为她

夺不走

光阴啊，你能夺走我粉嫩的面颊
却夺不走我青春的激情
岁月啊，你能夺走轻快的步伐
却夺不走我从容的姿态
时间啊，你能夺走我敏锐的反应
却夺不走我智慧的魂灵

寻

为了寻你，我纵身水底
因为你是灵鱼
不畏这水之深千米万米
为了寻你，我振翅翔云
因为你是惊鸿
不惧这天之高千丈万丈
我探入幽闭的森林
你是精灵
我攀爬峻寒的天山
你是雪莲
……
千难万险全不顾
万水千山渺如尘
终于，我寻到了你
你娇嗔
哪须苦寻
我何时逃出你心
只要你轻轻闭上眼睛
全是我的身影

喜悦的模样

我在想喜悦究竟是个什么模样
是绚烂辉煌的烟火吗
是醇香浓烈的美酒吗
是新娘娇艳欲滴的红唇吗
是状元胸前骄傲的绸花吗
……
喜悦也许是一位纯美的少女吧
着一身洁白的衣裳
披散着秀美的长发
柔柔倚坐在小河边上
静静看着河水轻轻流淌
任风儿亲吻她的长发抚摸她的衣衫
没有感伤不会惆怅
从从容容舒舒畅畅
一直是那个恬淡怡然的模样
……

禅韵

庆逢品茶情淡怡
悼至饮酒心畅淋
菩参慧根渗魂深
万千悲喜皆云尘

是何

高贵的门府
血液一定高贵吗
鄙陋的出地
灵魂一定鄙陋吗
血液高贵否
不看门庭府
灵魂鄙陋否
不言出生地
是何
德行，心性

男人的梦想

我是个简简单单的男人
我一直非常努力
永远不会放弃
我不一定要成霸业
居伟奇
但我始终坚持我的梦想
我的梦想就是守护好一个女人
一个真真实实的妻
她冷了送她暖衣
她累了拥她柔怀
她饿了喂她可食
她渴了给她甘霖

霸气

霸气不是
你是我的
仅属于我
而是
我是你的
全为了你

霸气不是
给我
还有吗
而是
给你
足够吗

霸气不是
跟着我
紧紧的
而是
守着你
一刻刻

死亡

死亡到达是结束还是继续
我一直困惑不已
如果我死了
我还可以见到你吗
我将如何再爱你
也许我是不能了
没有了眼睛
停止了呼吸
长眠地下
一切隔距
但
我坟头的那朵小白花
她可以将我代替
风中轻摇
雨里不泣
守我护我
代我替我
守我身躯
护我魂灵

代我看你
替我爱你
死亡不是结束
它是新的继续

有你

当我拥有你时
我已经拥有全世界了
因为
你的眼波是最深的潭
沉淀一切
你的肩膀是最宽的岸
容纳所有
你的手臂是最力的帆
纵横千万

笔触

同样的一支笔
他的笔下是巨峰一座
巍巍屹立
她的笔下是纤羽一片
丝丝分明
他的豪迈成就笔之宏博
她的温婉赋予笔之细腻

艺术殿堂

打开一扇灵魂之门
我步入了艺术殿堂
只一瞬间
便被各种美所深深震撼
形之美
声之美
神之美
美到震目
美到撼耳
美到融心
屏息
驻步
魂凝

父亲

他可以把你架在肩头
然后架着你疯逐欢闹
从你婴孩到少年
他可以把你抛向空中
然后稳稳当当接住你
从你十斤到百斤
只要你愿意
他永远都乐意
只要你在他身上
他总有使不完的力气
只要你开怀一笑
他一定保你安然无恙全心全意

为我哭一次

为我哭一次好吗
不是要见你泪滴
想知你情洒
为我哭一次好吗
不是要看你眼湿
想感你心淋
哭
不尽是伤悲绝境
更多的是触动皈依

理由

人活着
觉得光彩
你能找到无数个理由
有吃有喝有衣有窝……
觉得暗淡
也能找到无数个理由
没权没势没名没贺……
理由究竟是什么
你的心尺

独酌

谁说独酌喝的是苦酒
孤孤单单枯枯寂寂
我说独酌喝的是心酒
自自在在脱脱洒洒
众人旁侧魂不附体
众饮何欢
独身把盏灵思沉谧
独酌舒怡

资格

我有什么资格抱怨
看看那些贫困的难儿
一出生便要饱受饥寒
依然积极地活着
不负生命
我有什么资格感伤
想想那些凋零的落花
一落地便被碾碎成泥
依然奉献着身躯
回报大地

听雨

静静地默默地
听雨
这初夏的雨
降临之时竟是这样的悄然
落地之后竟是这般的柔语
轻轻地悠悠地
听雨
这初夏的雨
汇聚之时竟是这样的沉寂
流逝之后竟是这般的安怡

六月的雨

六月的雨
本应
风粗雨烈电闪雷鸣
形容宏大声势浩荡
怎么这一场雨竟悄悄轻轻淡淡生息
就像一个初恋中的少女
情窦初开暗自欣喜
心扉新敞面含羞意
她没有骇声狂喜
紧张兮兮
她不敢一呼宣世
小心翼翼
……
其实
我就是这个少女
这雨就是我爱你想你的心

对自己好一点

对自己好一点吧
想吃的东西
买了吧
别到以后买不到了再后悔
想去的地方
快去吧
别到哪天去不了了再感叹
想爱的人
表白吧
别到将来真错过了再伤感
……
对自己好一点吧
别再不舍，犹豫，胆怯……
生命只有一次
人生其实短暂
要好好善待自己
才能快乐达观
没有遗憾

如何

鹿血引汤
鲍珍当食
如何
能无老乎

金丝穿线
菲钻缀衣
如何
能化仙乎

食粗酒浊
如何
腹饱神憨
怡然自观

衣补物旧
如何
体暖心宽
轻松舒坦

今昔

昔日门庭坦堂展
高朋贵宾踏不断
今朝紧闭锈已攀
冷雨清风闻无探

欲望之渊

你终达山巅
历经千难万险
志得意满风光无限
俯身一望
谷渊之景竟是如此美妙
如梦似幻前所未见
花亦香柔草亦软
云且娇媚露且憨
你多想迈步一跃
亲身拥抱这美好的一切
……
你所见一切皆来自欲望之渊
诚然美好诱人心弦
但毫无根基浮于表面
一步即迈万劫不复
永远永远堕入谷渊

永远年轻

现在的人
二十岁之前就是幼童
稚气未脱
三四十还是少年
意气风发
五六十应该是青年
活力四射
七八十算到了中年
得体矫健
……
百岁之后也不是暮年
更周全成熟些

安静

什么才能让我安静下来
是疲惫吗
疲惫不堪浑身乏力
是恐惧吗
恐惧不已不敢喘气
是严寒吗
严寒不断缩成一团
……
这些带来的是
声安神不安
形静心不静
真正能让我安静下来的是
轻松，安然，温暖
只有这样的宽舒之境
才能安享生活
静沉灵魂

回眸

抚发提裙回眸笑
眼波微微唇依依
美颜浅展心已醉
柔语轻唤魂将离

光阴

玉肌啊
你去就去吧
我不追你
皱纹啊
你来且来吧
我不惧你
能在最美的年华遇上你
已是最好的安排
能将最初的心意托付你
已是最对的指引
剩下的光阴
不急不慌
不悲不抗
凝神安享
静依你侧

生

我不贪生
哪怕明天死去也没有泪滴
该见的见过了
想爱的爱过了
如此终结
了无遗憾
也不惧生
就算再活百年也不言艰难
有想的可以想
愿盼的可以盼
这般继续
心甘如饴

命中人

我生命中出现的人儿
你们个个都是可爱的精灵
善良，纯洁，有情
你们看着我会笑
我能伴你们也欢欣
你们懂我的心意
我也知你们的悲喜
你们给我关怀
我报你们以真情意
我们能遇见是天意
可处聚靠修行
……
可爱的精灵们
命灯熬尽
也不相弃

才貌

貌可吸睛迷情
才可撼魂震心
才貌双绝
万中无一
上天偏赐
降身奉惜

王气

轻语定天下
静思苍生安
王者志千里
气揽万世长

如果我老了

如果我老了
哪里也不想去
我只需要一把摇椅
慢摇轻倚
看看我写过的诗
听听缓缓的曲
慢摇轻倚
心沉暮夕
足矣

荷

粉润清纯，静静地等
婷立微倚，悠悠地盼
你在等谁
为何而盼
我在等晶莹的露水
盼她为我的瓣（伴）

畔

柔姿倚坐舒颜展
红拂飘飘素苇摇
欲问佳人笑之为
不是河畔思何盼

鬼才

灵思启千锁
妙创塑万象
绝计一闪间
天下风云变

越雪

纷纷中的一浪浪
急
模糊双眼
扬扬里的一涌涌
烈
寒湿衣衫
天地浑浊难迈
手脚僵冷似铁

心看着前方
心火不灭
我要跨越
凛冽不过一片一片
片片斩尽
浑噩无非一点一点
点点融解

永远

永远
可以持多久
又能行多远
一年还是一万年
一里还是一万里
任何数量已经无法涵盖永远
它穿梭时间
跨越空间
不受限于任何时间空间
永远就是
比时间还长
比空间还远
永永远远
无断不绝

只要有你在

只要有你在
我什么也不怕
啥事也不慌
你是我的肩膀
你是我的脊梁
你是底气
也是力量
只要有你在
我期待今晚的月亮
憧憬明早的太阳
你是生活的梦想
你是生命的信仰
你是快乐
也是希望
只要有你在
我永远自信，坚强
时刻灿烂、辉煌

我梦见一只小手

在梦里我看见了一只小小的手
他是那么纤巧柔弱
无力迷惑
他软软地伸着
迷迷地寻着
仿佛在说
拉住我
握紧我
温暖我……
我需要一个方向
一股力量
一阵热源……
毫不犹豫
给你我的手
定定地
紧紧的
暖暖的
让你感受
我的坚定，持久，深厚

感谢

说过无数次谢谢
表过无数回感恩
心中最要感谢的
一是赐予我生命之人
二是唤醒我灵魂之人
生命是基础
灵魂是拓伸
生命是出发
灵魂是归程
没有生命灵魂何附
离开灵魂生命怎存

叛

我不是只有苦笑这一种表情
还会恸哭，震怒
我不是只有沉默这一种声音
还会呼唤，嘶吼
我不是只有静坐这一种姿态
还会跳跃，狂奔
我不要呆呆乖乖限于你掌
我要坦坦洒洒天地翱翔

登台

千目托台高
临央心蔚然
一鸣华艺绽
满堂倾魂翻

天使

淡淡的衣衫
白白的翅儿
闪闪的眼睛
纯纯的心
软软的声音
柔柔的姿态
你微笑着向我飞来
带来了最真挚的爱
我张开双臂敞开暖怀
拥你入我最深的思盼

一样

父亲
我俩真的好像
一样的额头
一样的鼻子
一样的肤色
一样的身材
微笑时嘴巴扬起的弧度是一样
沉思时眼睛里闪烁的光芒是一样
就连举起酒杯的姿态
怡然陶醉时的神情
……
全部全部
一模一样
我是你的孩子
更是你的延展

旗袍

那神圣的一袭流华
就是透着灵含着韵
飘着香泛着光
俊美的领襟是透纯的灵
秀立的双峰是含秀的韵
盈柔的纤腰是飘洒的香
丰饱的妙臀是泛情的光
一袭加身
回眸，夺魂
浅笑，倾城

门前

你的门前就是有一股引力
让我情不自禁来到这里
又情不自禁朝里望去
只要能看一眼
不论你是静坐还是轻倚
不论是沉思还是欢语
我都舒心
哪怕有时你不在那里
只要能看到你的水杯你的书籍
我也能感受到你存在的气息
让我踏实安定
……
不管走向哪里
你的门前总是我的必经之地
每当靠近
我一定放缓脚步
朝里望去
……

豪饮

卓勋战十寒
天子赐千盏
仰首豪饮尽
点滴不剩还

溪舞

来吧
我们都脱去鞋袜
释放脚丫
卷起裤脚
袒露双腿
去溪水中跳舞吧
那欢快的溪儿亲吻着脚丫
抚摸着双腿
化作了一条条滑滑溜溜
敏捷摇摆的小鱼
和我们一起欢闹腾舞
开心地溅起一片片含着笑的水花
梦一般地旋出一朵朵醉情陶然的晕涡

懂你

我越来越懂你
一开始靠语言呼唤明你所需
然后靠肢体动作了你所要
再后来靠眼神表情解你所想
最后只需鼻息感应便晓你所有
何力让我如此懂你
爱意

敬畏

我们都要敬畏
一是命运
二是自然
命运安排
一切举措
毫无意义
自然降临
所有逃避
都显无力
唯有顺应皈依
才是真谛

醉

你以为我醉了吗
当然没有
只是开心
只想尽兴
我知道我是谁
我晓得谁是你
你觉得我喝过了吗
显然不是
唯有情致
唯有感怀
我记得为了何
我明白何以对

掌上之珠

掌上之珠
永远停驻
孩提之期环身顾
豆蔻年华深相注
婷婷佳人不舍出
妙韵之年尤润目
……
古稀日暮身已逝
魂魄附
日日顾

同窗

向同一个讲台投注我们的目光
让同一个声音串连我们的思想
同样的知识殿堂
共度我们的青春年华
同样的探索渴望
共创我们的智慧辉煌

云上菩提

纯纯白白的云儿
你在哪里
我是追随你的
澄澄亮亮的心
你，世上最洁净
我，世上最执情
云若有灵
心必有因
云舒展情
心透现灵
云上菩提
前世约定

好孩子

一个好孩子
他不要愚孝归顺
但要心存善念
他不需智慧卓绝
但需独立思考
不一定是人中龙凤，万人称贺
但一定是个性鲜明，独一无二
永不盲从
灵魂清澈

举杯

举杯吧，朋友
就在此刻
让我们举起友爱的酒杯
碰撞出情谊的火花
这溢满的醇酒
就是我们的深情厚谊
这高举的酒杯
就是我们的高尚追求
这清脆的碰响
就是我们共鸣的唱贺

学不来

你能模仿我的衣着
但你学不来我的神采
你能仿续我的作品
但你学不来我的智创
我的一切
烙印深刻
可远观可近赏
可阅览可细品
无法复制
学习不来
灵魂独一
思维无二

安静下来

真好，这个世界安静下来了
狂风累了
骤雨疲了
它们都走了回了
留下了一个安静的世界
身儿舒了
心儿畅了
尽情享受这个安静的世界

陨落

一颗巨星陨落了
曾经是那么闪亮
夜空独璀
众星失色
长夜久璨
仰目皆赞
而今
淡淡陨去
久久逝落
……
抬眼望去
群星依旧
闪闪烁烁

向前

人生之路漫漫
回首望
时平顺
时坎坷
逢风光无限
遇荆棘丛生
得意之际，众人随行青云直上
失意之日，踽踽独行举步维艰
观来路
依旧漫漫
充满未知，无法估量
不畏不慌
继续向前

赞美与虚名

赞美最美
真实的美感让人不禁由衷赞叹
虚名可悲
虚幻的华服也藏不住内心荒诞
赞美给予精神美餐
信心满满动力十足
虚名是心灵的洞口
美好流尽真挚不再

如果可以选择

如果可以选择
我要生于你的掌中
你的手掌温暖宽厚
是身躯最安稳的摇篮
如果可以选择
我要死于你的眼中
你的眼波清澈深远
是灵魂最静谧的归处

唤醒

暖风轻抚
唤醒冰封的山群
甜雨滋润
唤醒干涸的大地
你的出现
唤醒我沉睡的心
俏美的笑靥
唤醒眼睛
温柔的呼唤
唤醒耳朵
娇媚的姿态
唤醒身躯
……
啊！
你唤醒我的爱情
因你而醒

阻碍

情无阻则路无碍
高山水寒似平川
风疾雨骤若青烟
思无阻则创无碍
万字千文信手填
宏图伟篇挥笔间

勇士

没有精甲护体
没有利剑斩棘
不能劈山填海
不会飞天遁地
只有一颗勇敢的心
深情地爱着大地
虔诚地守护家园

冰融

相遇之前
他们是两块冰
你有你的样子
我有我的形状
骄傲却孤单地活着
初见之后
相互吸引
渐渐靠近
他们爱上了对方
紧紧拥抱在一起
越来越爱了
尽管紧贴着
他们觉得还是不够
我不要做冰了
我们化成水吧
这样我们就可以
点点滴滴相融一体
……
他放弃了他的样子

她丢掉了她的形状
你中有我
我中是你
从此以后
你的样子便是我的样子
我的形状就是你的形状

融

身近体相拥
情深爱互浓
尤望思无碍
融杯醉魂中

艺术和爱

艺术何来
艺术为何
爱是什么
什么需要爱
艺术是美
美是感动
感动是爱
艺术源于爱
艺术表达爱
爱是艺术的孕母
爱是艺术的归处

位置

我总是
站在这里
定定的
坐在这里
稳稳的
倚在这里
静静的
躺在这里
沉沉的
……
这里是我的位置
足下便是我的土地
只要身处这里
灵魂永远宁谧安怡
体触实地

沉雨

沉思久雨中
敏意何人瞻
书境得真言
生于皖南畔

醒是醉

离离晨曦微
新绿透枝翠
饮露迎风舞
是醒还是醉

变成孩子

吃过世上最苦的餐
走过世上最难的路
磨成世上最硬的汉
……
遇见你
情不自禁
不由自主
变成了一个柔弱的孩子
迷恋你的怀抱
依赖你的温暖
期盼你的慰安
皮闹
撒娇
耍赖
……
只想做你心里的宝贝
永远都是你的娇孩

闺蜜

没有什么不能告诉你
没有何物不能分享你
没有哪里不能陪你去
没有何事不能与你担
可以叽叽喳喳说个不停
也能安安静静相视无语
可以痛痛快快朝天饮
也能平平淡淡守香茗
你笑了我欢喜
你哭了我心急
不是亲人
是闺友
不是情侣
也甜蜜

雨中情思

断断续续
绵绵不绝
这七月的雨
就像我想你的心
百转千回
思浓似淡
未断犹续

降服

沉醉于你迷人的笑窝中
融化在你动听的声音里
倾倒于你柔软的怀抱中
淹没在你娇媚的眼波里
你是我的归处我的坟墓
就这样被你生生降服
成了你忠实的俘虏

悔初

一恋贯一生
一错遗一世
烈饮心灼痛
悔不当初时

心湖

静谧安详夜幕柔
淡然丝语晨曲轻
和风不扫
粼粼
暗波未惊
悠悠

敬可爱的勇士

黄泥裹身躯
浊汗透大地
安然不知苦
俯首护河堤

诡

你到底是什么人
眼波里的潭水到底深几许
心舍里的月亮到底丈几何
深不可测
丈不尺度

配

亚当强壮
无人相伴
强壮何用
夏娃美貌
无人观瞻
美貌何为
上帝于是配强壮以美貌
配美貌以强壮
从此
强壮有人仰
美貌有人赏

等

最幸福的事情
饭为你热
茶为你续
心为你守
身为你候
不困不疲
不倦不乏
乐着美着
忆着期着
暮降不觉晚
夜垂无愠色
只愿你身还
万等心尤甘

笼中鸟

花梨木制成的豪笼
精湛巧妙的雕刻提花
细腻无瑕的打磨抛光
手绘瓷制成的食罐
盛满又绵又软的锦粮
倒上又甜又纯的玉露
你独立笼中
独享恩宠
从此华羽无用
风雪不慌
可是为何你竟如此忧伤
不悦不鸣
只望远方
……
拥有豪笼使我失去了整片天空
那湛蓝博大的天空才是我的梦想
拥有了精食美粮我再也无法飞翔
能自由展翅才是属于鸟儿的辉煌
……

笼中鸟儿
在笼中沉默着，呆滞着
望着远方

妙

百姿花草立
千态云山翔
美貌星月醉
妙柔河海煌

享

闭上眼睛关住心
塞住耳朵拴住魂
不以昨天之过思忧
不为明日之难绪焦
此刻星辰此刻仰
当下风月当下欢
享
于现
即此

美人醉

纤指迎丰杯
清酒点朱唇
媚影暗夜辉
柔姿软云飞

趣变

遇到你让我变得越来越有趣
语言动作诙谐风趣
生活休闲舒怡情趣
新鲜事物充满兴趣
我想用风趣愉悦你
望你笑展
想用情趣感染你
盼你心欢
想用兴趣开拓你
愿你博宽
为你铁汉变情郎
木冰成柔肠

醉

云展花含笑
星颤木不凋
举杯无他意
心沉魂灵飘

恒挂

情慕柳堤畔
思顾日月华
他言无所畏
汝意恒心挂

梦飞

把盏酒香醉
唇皿肴鲜垂
今暮怀依睡
明夕梦翩飞

致抗洪勇士

苦雨骤降
犀利，凶猛，持续
洪魔席卷
翻滚，剧烈，疯狂
路断了，泥流塌方
田没了，辛劳损光
家毁了，一片汪洋
这冰冷的苦雨无情的洪魔
带给了我们太多太多的苦难
但雨打不湿我们的心
洪卷不走我们的魂
因为我们有可爱可敬的勇士
守护我们的安危
捍卫我们的家园
他们结实的肩膀屹立风雨
化成牢不可破的堤坝
他们有力的双腿穿越泥洪
是最强硬不屈的铁柱
他们深情的眼睛不眠不休

如暗夜中温暖的星光
苦雨何畏
洪魔何慌
勇士傲立苦雨止
勇士怒吼洪魔散

展飞

晨不见星璀
暮未遇露蕊
今昔抑未展
明朝翱翔飞

三问

日必三问
为何活
怎样活
活之若
为了快乐而活
怎么快乐怎么活
如快乐神仙般活着

合欢

合抱一体
梦枕同欢
我的心长在你身上
你的魂系于我腰弯
想你所想
盼我所盼
何须一语
凝神默瞻

旗帜

飞扬河堤畔
屹立洪波湾
你是精神，气节，魂胆
树立斗志，梦想，情帆
靠近你
身躯宽
仰望你
初心燃

光阴

时间太慢日子无趣
识你之前
恨不得一秒死去
光阴似箭情志广袤
遇到你以后
只想要万年不朽
……
慢一点吧，恳求
久一些吧，思续

心中英雄

我心目中的大英雄
你是世界上最非凡的伟丈夫
忠诚，勇敢，才情合于一体
忠诚如良驹
千里荆棘永相随
万般苦难未言弃
勇敢如猛虎
刀山火海眼不眨
狂风暴雨身不摇
才情如圣哲
伟才比天卧云仰
豪情似海百川汇
……
让我变成你笔下的一滴墨吧
展你思华
让我化作你衣上的一根丝吧
保你身暖

迷幻

一想起你啊
我的心尖都甜笑
眼眉弯弯羞粉颊
我能想你三天不间断
一看到你啊
我的魂儿也飘扬
神绪荡荡醉梦乡
我要看你三年不闭眼
一写起你啊
我的灵感在奔涌
思感滚滚卷肝肠
我愿写你三生不停笔

闭眼爱疼

一千人九百九十九爱你的容
一万人九千九百九贪你的身
而我
懂你的心融你的魂
不为你的容貌
不图你的身存
我是那个就算闭上眼都会爱你疼你的人
外在不看
只听灵魂

梦中江南

红烛移颜龛
绿柳凝目燃
轻语沉梦瞻
相思化枕畔

魂伴

一眼万年
虽一眼而定终身
千里无隙
诚千里却了梦魂
魂伴，伴魂
心之所系最尤纯
魂之所盼最足珍

差距

做成一件事不难
敷衍了事
做美一件事很难
心思熬尽
完成和完美的差别
占有一样东西容易
拿来便是
拥有一件东西不易
懂得才行
侵占和拥立的距离

奔跑的蜗牛

别笑我的缓慢
我在奔跑
我不是与你们比赛
只是和自己奔跑
我不是在浪费时间
只是和时间奔跑
我不是和路途较劲
只是和路途奔跑
我是奔跑的蜗牛
我为自己骄傲
为时间祝福
为路途祈祷

醉雨

清溪泥心醉
幕辉酒梦沾
纯雨润境幻
点滴入江南

化柔

轻目点心湖
软语萦梦畔
美人醉江南
绵融相思幻

江南遗梦

金酒樽银肴盘
纤指盈舞朱唇欢
皎白月红花烛
丝幔娇柔软玉暖
美人恩不可耽
凝目滴露晕颊燃
江南梦无醒岸
聚思溢浓渗魂漫

恒久

古珍今盛璀
晨曲幕润煌
山河无断续
天地了暂长

华章

塞上思无断
江南念未沉
暮珍启华皿
晨精点玉樽

情丝

梦境柳垂盼
幻渊林迎穿
浓情舒心展
蜜意柔丝弯

江月

月下陈酒
江上鲜肴
月光温酒
江波烹肴
饮月之精华
食江之浪涛

痴缘

三生缘，千年恋
前尘因，今世果
苦修寒炼为相遇
穿山横水为相随
苦亦甘，辛也舒
汝则吾，吾是汝
前世今生缘未尽
今生来世续无绝
生生世世
因因果果
千年万年
痴痴绵绵

前世

前世你是云我是尘
你移云我飞尘
你俯瞰我仰身
你忘身我倾魂
后来啊
我跌入了深不见底的谷渊
你化作了雨
融我的坟

向往

总有这样一个神奇的地方
是你的心之所向，神之所往
这里汇集了你的情感，牵挂，思念
聚合了你的志趣，新创，梦想
深深的引力
让你心心念念想到它，不忘不放
重重的推力
使你时时刻刻奔向它，越来越近
……
思无断行未停
终可及

启航

启航一瞬
我心飞翔
展翅的华羽鸟儿
奋力翱翔，披云斩霞
飞向我长久的向往，深深的情脉
你早已为我筑好温暖的归巢
正张开大大的怀抱迎接我
注目以盼，全情相待
你的天命，浓浓的思肠

云和霞

云儿
纯纯白白软软依依
柔情如她
神圣如她
静谧如她
霞光
透透亮亮坦坦清清
正义如他
光明如他
坚定如他
云绕着霞
娇媚地垂首，染上了羞涩的红晕
霞拥上云
勇敢地表达，绽放出暖意的辉煌

心寄云端

我要把这颗心儿寄于何处
她是这般柔软，如此纯洁
遇强硬她会疼
逢污秽她会哭
将她寄于云端吧
那里柔如唇软若怀
永远吻着拥着这颗柔软的心儿
不会让她受一点伤害
那里纯如镜洁如溪
时刻照着清着这颗纯洁的心儿
不会让她染一丝尘埃

三生缘

前尘种情因
今世结爱果
思系月槐树
缘刻三生石

美人盏

酥骨软玉醉
莹肌清月煌
美人幽把盏
山河尽倾肠

魂醉时分

幽幽淡淡静迎盏
润润轻轻悄晕颊
是微醺还是沉醉
是梦想还是思肠

梦之花

在心之土壤上
种上梦之花种
用思绪浇灌，点点滴滴
以辛劳育养，丝丝毫毫
……
花将彻绽
梦可圆满

重生

蛟龙潜水，苏醒
凤凰浴火，复活
我的心贴上你的唇
你的梦拥抱我的吻
干涸的双眼注入柔波
睁开了，苏醒
僵硬的身躯充满热血
舒展了，复活
还有我们的灵魂
看到了前方的路
寻着了回归的途
大步朝前，无所畏惧
心有归处，踏实安定
灵魂，重生了

渴醉

千言目欲穿
万续魂溢淌
心渴求一醉
夜媚化酒肠

梦魂

清酒点轻梦
浓血续胧魂
身无梦不立
形离魂未沉

久怀

清樽玉思盛
脆击华珍漫
不畏天暑寒
只品酒浓淡
不问时几何
道尽人慈暖

红裙

取夏之辉霞
为你染一袭红裙
那是最艳最轻最柔情的霞
染成最媚最软最蜜意的裙
加身
如凤凰浴火
焕然新生
摆舞
如香山洗雨
仙气倾魂

真挚

思你的貌图你的身
不如
知你的心懂你的魂
外之欲十年老
内之情百世珍
真爱浸骨
挚恋漫神

尽饮

清杯点梦睛
陈酿燃幻唇
举盏傲骨立
尽饮风华存

情脉

情脉
比命脉更深
比心脉更宽
位于何处
上苍知晓
始于哪时
上帝安排
该来则来
无需巧设
自然而然
星月同在

骨血深情

浓情醉心饮
深思久梦魂
倾盏风骨立
不负美人恩

梦幻清晨

软软的枕
香香的唇
绵绵的被
柔柔的身
翠鸟脆鸣真
丝竹思摆津
曦光微淋润
甜氧苏洒纯
我的吻你的怀
山河在天地存
仙界不慕
人间永恒
你我同醒
梦幻清晨

唯一的读者

一个可爱的小诗人
她只有一个忠实的读者
她仍然从不停歇
快乐地写啊写啊……
我能算是个诗人吗？
当然，你是最棒的诗人了
在我心中你就是为诗而生
我的诗美吗？
当然，是最美最纯的
就如你漂亮的眼睛和清澈的灵魂
你真的爱读我的诗吗？
当然，它们是我的氧气我的清泉
已经深深依赖，再也离不开了
做我永远的读者好吗？
好，但你也要做我永远的诗人……
好，你是我永远唯一的读者
我做你永远唯一的诗人
你是我的灵感我的动力
我是你的快乐你的精神

亲爱的读者你读的是我的诗
品的是我的心我的魂
你懂我，最懂我!
我感谢你，一生为你写诗!

偷偷看你

我在偷偷地看着你
你知道吗
不，我不想让你知道啊
怕你笑我爱得痴痴傻傻
可是我真的做不到不看你
眼睛在渴望你
身体在寻觅你
心儿在思念你
只有看你一眼
眼睛才能解渴
身体才能安定
心儿才能舒怡
你充满柔情的眼波
融化了我，润得像一汪清溪
你美妙曼盈的气息
感染着我，轻得像一片软云
你甜蜜娇美的笑靥
吸引着我，幻得像一场幽梦
……

太过美好了
美得让我忘记自己
美得让我无法抽离
……
不能惊了这妙不可言的仙境
不可扰了这唯美绝伦的梦幻
……
我想偷偷看着你
只想偷偷看着

雨

爱人
我们这里又下雨了
清清淋淋
像不像我凝望着你的深情眼睛
滴滴答答
是不是你饱含思念为我震颤的心
雨儿呀
你滋养了大地
可不可以代我滋养爱人的心
你润泽了草木
可不可以替爱人润泽我的眼睛
雨儿啊
你是上苍赐予人间的甘霖
也是我与爱人传情的信

哪里

你在哪里
我的家就在哪里
我在哪里
你的心就住哪里
天地无限大
只有我和你
你是我的天
我是你的地
天堂地狱你我同行
地狱天堂你我共迎

皈依

至高无上的神佛
我是你虔诚膜拜的信女
在你身前跪了千年
瞻仰你的尊容万遍
你是我的信仰我的意念
我是你的柔目你的慈怀
你能听见我的祈愿吗
那是我永世不变的信念
你能触见我的诚心吗
这是我刻骨铭心的依恋
佛
我的神瞻
你之身前
诚以许愿
但求梦圆

触心

数尽柔肠
算透盼目
何别是今触
今去至何驻

灵

天若有灵
眨星呼应
地若有灵
清泉透碧
我若有灵
灵魂皈依
你若有灵
情爱环萦

思意

柔目以寄思以盼
清梦将点幻将燃
久思凝远瞻
深意倾沉唤

一滴泪

大海
太累太疲惫
她默默流了一滴泪
当泪涌出眼睛的一瞬
汇入浪涛
再也找不到她的伤悲

白云
太苦太无奈
她偷偷流了一滴泪
当泪离开脸颊的那刻
化作雨水
再也辨不出她的心碎

一滴泪
埋在心底最深处
最痛最微的声音诉于谁

同心存

清月媚夜草木挽
金樽玉盘美人留
举杯击脆天地在
交盏融魂同心存

慈光

气散慈光驻
神飞怀雨融
眼揉舍利韧
心种菩提根

关心

关心我的身体
康泰还是抱恙
亲人
关心我的情绪
舒畅还是忧伤
朋友
关心我的灵魂
淤塞还是清澈
魂伴

天命

天意使然
命运安排
你从东方来途经我的村寨
我自西边出前往你的城邦
你的途
我之往
无需巧设
自然而然
你我相遇
四目尽燃
一眼万年
永世痴缠

翅膀

晴空透碧
我只能看不能往
峻谷幽密
我只可观无法闯
缺了一双翅膀
晴空止往
峻谷无闯
你来了
给我力量赋予翅膀
从此
天地直往
溪谷旦闯

散步

幽脆鸣丝竹摆
甜氧漫晕辉散
你我同步
共浴夕暮
你的目我的湖
我的鼻你的树
山河同在
天地共处
从前没有此般的温怡
未来不会如这的悸动
散了一路
步入永驻

少女荷

风吻羞了你的脸颊
娇娇的粉
光抚润了你的肌肤
嫩嫩的白
白中透粉
那淡淡一笑
像云一样软
粉立白端
那轻轻眨眼
似梦一般幻

梦想路上

梦想的道路上
雷雨交加与阳光明媚同在
雷雨说
别走了止步吧
你太渺小我随时可击垮你
阳光说
快点走别停下
你最特别我永远都照耀你
雷雨无惧
阳光不依
一心前行
不忘初心

谢谢你爱我

谢谢你爱我
其实我没什么可爱的
表面光鲜内在落寞
热衷幻想不甘斑驳
依赖你太多给予你不多
你是我的天命
我是你的情蔓
依依不舍
惺惺相惜
一瞬终生
不悔执着

懂

爱之人一万懂之人不足一
爱是感觉情愫懂乃灵魂高度
感觉易寻灵魂难觅
谈爱不稀奇
言懂最珍惜

袒护

一千人说你无能
他挺身而出
说
你们瞎了眼
她
能力无限
一万人判你平庸
他不屑一顾
言
你们走了神
她
才溢比天
深爱至重惜
重惜自袒护

唐遗

大唐遗风
风骨傲存
存于久远
远思漫魂
魂不可乎
乎之怎生

永依

两千年前你是菩提我是根
我懂我珍
一千年后你是火狐我是魂
你思你纯
今昔久万立
明朝长屹存

仙灵

寻寻觅觅
忙忙碌碌
归归途途
这是人间思度
欣欣慕慕
坦坦舒舒
挥挥驻驻
此乃仙界灵触

孩子

我的孩子
你的问世
是父母的诚邀
你的康泰
是父母的修行
你的愉悦
是父母的福报
你的魂拓
是父母的荣耀
孩子，宝贝
父母之精灵
魂情之映昭

回家路上

我已经行走在回家的路上
凉风儿闻起来是香香的
落叶子看上去是软软的
微雪飞飞
是会跳舞的小精灵
霓虹闪闪
是爱眨动的大眼睛
轻盈的脚步
轻盈呼吸
轻盈得忘记了天黑路滑
忘记了疲惫饥肠
只记得家在等我
下一秒就到家

痴纯

三年之思三日解
三日之忆三世珍
挚恋镌刻三生石
三三不尽永痴纯

归处

似一片又轻又软的羽毛
飘荡在空中
没有路途不知方向
若一根又细又柔的水草
浮摇在水面
没有轨迹不知何去
浮飘，飘浮
不见未来
不知归处
那棵千年古参
一直向上
不断茁壮
根乃基
基乃灵魂之归处
灵魂有了归处
才能屹立不倒
永远向上向前

弥留之际

弥留之际
山河尽云烟
天地皆灰灭
只求把我写过的诗摆于我眼前
让我再看一遍
都是我的思我的虑啊
山河尽珍诉
但愿使我最爱的人伴于我身边
让我再望一眼
这是我的情我的爱啊
天地倾妙缘
明日身将逝
今昔心无限

严冬暖阳

唯一的希冀
唯一的慰安
唯一的期盼
严冬暖阳
一点一滴都温怡
一分一毫都辉展
一丝一缕都璀璨
严寒不畏
因为有你
烈风不惧
因为有你
天寒地冻
无所畏惧
皆是因你
心灵依托
有你足矣
安枕梦溪
天地永续

梦圆

我的脸够不够真
你的梦是不是沉
就在你手边
指尖可触
就在我眼前
凝眸即现
你的梦圆了，不再遥远
我的情现了，绝非空念

余晖

那夕阳余晖
晶晶亮亮，澄澄煌煌
像极了锦鲤的鳞
在水中恣意地摇摆
透光烁芒
灵动闪耀
波光粼粼
不刺目不灼烈
不妖艳不炙狂
令人信服
向往辉煌

化龙

窄溪限锦鲤
锦鲤志不弃
不弃修羽翼
羽翼化飞龙
飞龙翱天际
天际拓无边
无边连博海
博海汇窄溪

别去

眼波皆望穿
不舍不舍
身姿尽夙愿
快还快还
心在泣血
唇犹笑
魂在停驻
步仍迈
莫泣
这一别是暂别
很快再见
勿停
此一去是身去
灵魂依附

享爱

世界上最大的享受
不是纸醉
亦非金迷
而是享受爱
陪她可以喝下万斤酒
身不醉情醉
快活无边
为她可以挥尽千贯财
心不惜珍惜
甘心情愿
一个绵柔的笑就魂飞
一个娇媚的吻就酥融

读懂孩子

孩子，妈妈要好好读懂你
读你那双亮亮的眼睛
眼波似深潭
深深的潭水
都是你的思绪梦想
读你那张软软的嘴
言出若滚浪
滚滚的波浪
都是你的智慧才创
你永远是最棒的孩子
妈妈的心肝宝贝
骄傲希望
妈妈要做这个世界上最懂你的人
让你的心灵有家园
情感有归处

梦回大唐

薄透的纱
丰腴的颊
迂回深邃的廊
屹悬高威的梁
柔嫩玉手托不起一片叶
轻盈秀目盛不下一朵霞
千年塞外将军梦
万里河山帝王情
最轻最软的思念
最重最坚的豪志
大唐
心之所向
梦之所往
吾之思源
汝之魂归

凤仪

纤巧秀眉
澄晶杏目
眉舒云飞展
目烁星璀璨
柔手抚山河
慈怀惜万物
沉沉脚步如凤之飞舞
珠珠言语如凤之鸣诉

梦荷

你是我梦里的一朵江南之荷
粉润白柔
灵妙静美
婷婷立于碧碧的叶
盈盈舞于清清的风
娇娇地告诉我
我已经开花了
羞羞地问着我
我到底美不美
我柔抚你的姣瓣
亲吻你的羞蕊
在你耳边轻轻告诉你
你是世上第一美
第一眼就为你心醉

一秒白头

如果可以
我真的想此时此刻就老去
不再穿紧致的衣
不再唱高亢的曲
此后的生活
慢慢依依
淡淡续续
请让我一秒老去吧
白了发须
缓了步履
我就有了更多的时间守着你
更多的思绪寻回自己
一秒白头
头白心晰

钓阳

迎晨起舞
洒满一身的辉煌
闻风高唱
贯透满心的酷爽
杆挥钩落
我钓起了一轮新阳

日出

太阳之神苏醒了
他要把山河点燃
让人间腾欢
他是力之神
驱散黑暗，拨开云烟
他是美之神
青山披霞，静湖粼光
他是爱之神
暖心怡情，热血豪壮
太阳之神苏醒了
日出
天地万物焕然
人间众生希望

沦陷

这一刻我已沦陷
守了这么久的心堤
全部被你攻下
彻底为你打开
你用了这世界上最轻的力
轻如你淡淡的呼吸
攻下这世界上最厚的堤
厚如城壁稳稳屹立
你用这世界上最柔的力
柔如你绵绵的抚摸
打开这世界上最坚的心
坚如磐石默默沉思
但遇见了你
沦陷
相思
痴狂

溪舞梦情

花间溪
云端舞
离人醉
新客随
柳絮纷飞灰染烟
佳人羞垂桃晕颊
诉一夜情肠
挥余生思华

花烛醉

丝竹淋心醉
梦荷化蝶飞
轻吻花烛摇
浓思玉枕陪

兰缘

一株娇美的小兰花
主人迁居把她遗落在门外
垂着瓣，蜷着叶
她在哭泣啊
楚楚动人，我见犹怜
兰儿，我带你回家
回我们的家
兰儿望着我，轻轻点头
眼里泛着欢欣的光芒
你会对我好吗
会，我会每天陪伴着你
照顾你呵护你美丽的身体
倾听你读懂你纯洁的魂灵
兰儿，我是要用心守候着你
兰儿羞笑了
悄悄告诉我
我一定为你美丽绽放
一定会是世界上最娇美的兰

岁月眼清

岁月的年轮
光阴的脚步
白了你的发须
深了我的皱纹
你不再是那个英气逼人的少年
我不再是那个娇媚绵软的少女
我抚摸你白了的发须
你凝望我深了的皱纹
心疼，岁月太匆忙
怜惜，光阴太着急
但我们的眼睛
一样的清晰
我能在你的眼中找到我
你能在我的眼中寻回你

聊一夜

简简单单的庭院
四四方方的小桌
你我把盏
彻夜未眠
仿佛从未见过
就像不曾了解
你说你的故事
我听着
我谈我的梦想
你懂的
星星偷偷看着
他们也不睡了
月亮静静听着
她也不困了
酒啊饮不尽
时间用不完
你倾我诉
你盼我念
你我对饮
聊了一夜

彻夜尽

天缘地门开
佳人豪杰遇
把盏举梦杯
彻夜尽心肠

一秒老去

九尾银狐
年幼时
尾羽亮泽
遇光粼粼
多少梦想和思华都倾注
粉面佳人
正当年
身姿曼妙
迎风摇摇
万千情愫与爱欲皆投入
春华虽好
风采无限
吾
独盼老去
不再亮泽无法曼妙
有你守你
足矣
白白的发须
不哭泣

深深的皱纹
无惧意
因为你
我愿一秒老去

你的好

你对我的好
在你的眼波中
在你的臂弯里
眼波千境皆望穿
唯有我最珍惜
臂弯万物尽释然
唯有我最梦盼
眼波通魂灵
臂弯展身躯
魂灵身躯
深惜挚盼

醉不醉

千斤酒不醉
守护你
保你毫发无伤
一滴露就醉
凝望你
思你百万情肠

融魂

汝之心意
魂眼望穿
吾之梦愿
神魄以盼
汝吾一体
山河泰然

赤狐

一团璀目的星火奔跃于天地山川之间
星光四溢
火花飞溅
把绿的丛点燃
将银的霜照亮
奔向火海，炙烈
跃入星空，绚烂

抚你银发

分明才别几日
为何你又多生了这些银发
心疼啊
我的爱人
唏嘘啊
岁月太匆忙
最顶天立地的男人
怎么也会不再挺拔
最意气风发的丈夫
怎么也会不再光华
不想你老去啊
不忍看你的银发
拥你入怀
数你银发
每一根都是我们一起走过的路啊
每一丝都是你对我说过的话
老就慢慢老了吧
头发就任它慢慢白了吧
清晨赏芳华

夕暮品晖霞
静静轻轻守着你
柔柔慢慢抚你银发

你好，世界

你好呀，美丽的世界
我是你的小小的孩子
欢畅于你大大的暖怀里
你太丰富
我惊喜无限
你太多彩
我目不暇接
……
你的美好我终身阅完
你的博大我毕世不限
万物爱我
我惜万物
一辈子
一万年
只愿将你读遍

赤壁

千匹丈夫千艘航
万盏思绪万丈灯
轻燃周郎东风便
重泯曹翁西暮煌

花意诗心

纷纷娇瓣点雨醉
萧萧柔叶迎风随
万般思肠融花杯
一腔浓情寄香诗

相遇那天

相遇那天
柳畔，盼，柔目望思穿
河堤，低，秀眉垂欲展
丝丝纷飞
淡淡流淌
我回首
你前往
就好像你听见了我的呼唤
我梦到了你的脸庞
柳畔成花海
河堤变云廊

寻找

我一直在寻找
穿过迂迂回回的亭廊
渗进长长久久的幽巷
翻越山脉
横跨川江
不息不止
岁月流淌
无惧无悔
身躯磨光
一定要找到那一处的风光
我的梦仰
灵魂守望

遇

遇你之前
不信人间有白头
遇你之后
恨不能一秒到白头
遇你之前
为活而活
空空荡荡
不知所措
遇你之后
因爱而爱
满满当当
展翅欢翔

心缘

心有爱
行千里不足惜
一秒化雁穿万海
身无缘
处同檐存异心
百年束梦隔亿堤

修矣

高高的台
长长的廊
不及你眼波
宽宽的额
深深的巷
未达你思量
你是万千华章之精粹
你是亿兆盛鸣之浓浆
能遇你
足矣
能近你
幸矣
能亲你
修矣

一起的时光

柔柔曼曼的景象
缠缠绵绵的思量
丝竹，花香
鸟鸣，云荡
你，我
天，地
倾肠
美肴，佳酿
等待，期盼
心，魂
日，月
拥帐

共梦

共饮分露醉
相枕同曦醒
杯浅现汝影
梦深唤吾名

雨后

风神雨将影无踪
秦皇汉帝身何从
凝神静息观自在
聚精淡思享天容

初雪

山河裹满洁白
天地披上银纱
美到我不想说话
美到我无法呼吸

喜欢吗
无法自拔
超乎想象

我们静静享受一会儿好吗
好，淡忘浮华，不理尘杂
只看纯雪，但品幽华

嗯，都放下
好，全放下

我俩醉了

我俩都醉啦
壶当杯
星为霞
你以为我是梦
我笑说你是假
抚脸颊，手心滑
吻额发，唇间挂
不多，没醉
续杯吧

赴新景

银丝雨
桃瓣花
翠柳林
青烟霞
花纸伞
素罗衫
回望
忆江南
挥泪
赴洛阳
点梦离人醉
倾樽新景何

引宴

飞花牵软卧
醉露引馨阁
夕晖启梦宴
白鸥吻青荷

诉佛

云烟苦恼诉佛肠
佛光笑抚语云商
佛赐云烟一段尘
云赠佛光一炷香

明珠初登

绝世明珠初登场
羞羞铭铭自惊慌
启印掸尘华碧透
满座看客今辰忘

如影随

影随身
魂伴心
高不可攀，高何用
妙不可言，妙之谓
醉要有人陪
醒要有人追

花溪醉

美人花溪醉
夫婿力背接
娇颔枕郎肩
耳耳垂亲叠

唐仕女

群星嵌云鬓
暗夜颊犹煌
纷瓣缝霓裳
清浴肌尽香

唐龙

遨，管他天际还深洋
游，任他激雷或烈阳
日月吾之脊
山河吾之项
千年万年长
万里千里疆
狂
霸
吾乃皇

仕女恋唐龙

云鬓云霞飞
彩霓彩虹垂
龙腾身倾摇
目对巾遮面
桃颊醇酒煮
粉心点红炷
硕躯载妙姿
深广寻无踪

彩唐

粉的颊
金的马
青的纱
灰的刹
女儿红
国君皇
唯华清一汪碧
然碧端一片玫

胭脂醉

玉臂金樽无尘染
烁目幽枕入梦随
乐极诸挂皆挥断
恨不胭脂蘸蜂糖

不完美

其实你知道
我并不是完美的
有情绪
会胡闹
存私心
易霸娇
不懂无知的太多
了解熟谙的太少
然而你还是爱着我
从不逃跑
只因我有一点好
说陪你到老就到老
一秒不少

一起

生命太长
太多太多的事情要一起
一起参布达拉宫
一起访大梦敦煌
一起浪海滨仲夏
一起采野林秋茄
一起攀登宏大的山岳
一起细品微小的雪花

北方的土地

广袤无垠
深沉无语
北方的土地就像北方的汉子
黝黑粗糙但健硕有力
光着膀付出不为了赞美
赤着足跃进不需要勉励
来吧，接纳你，我博大
去吧，发展你，我辽阔
……
捧一把地上黄土也觉得沉甸甸
沉的是骨骸血脉
甸的是岁月浓情

醉梦人

孤单的夜晚
寂静的街角
醉了
晃晃悠悠
跌跌撞撞
手里的酒瓶却还是拿得很稳
紧握，近贴杯口
仿佛是唯一的希冀
生命的寄托
喘着粗气
滚着汗珠
嘬一口
呵
烧喉
灼胃
烫心
哭了
谁解我心思
谁知我能量

难道只有酒
再嘬一口
喝……喝……
温喉
暖胃
舒心
乐了
思想伴我生
灵魂助我尊
不是醉鬼
是醉梦人

爱的等待

焦急却也安然
难耐但更期盼
万千思绪在门锁划响的一刻凝结了
飞奔至门口
嘴上娇嗔
怎么才回来
眉眼却笑到云彩上
拥
凝
深深
挚情思肠
都化作爱的等待

你在找

我知道
你在找这样一个人
明白你的话
懂得你的笑
思你思
想你想
你们可以推杯道天地
也可以相凝了梦肠
你们是上帝同时捏的两个泥人
撒向人间两个角落
前半生寻找
后半生守望

魂爱

用眼睛去爱一个人
你真美
盼目望欲燃
用手去爱一个人
你真柔
暖掌抚将穿
用灵魂去爱一个人
你真纯
你真善
你真甘甜
你真如兰
心是透的衫
梦里遇犹欢

幸福不简单

活下来容易
幸福可是不简单
心要真
意要诚
战胜自己的羞涩
战胜旁观的蜚言
熬得住
展得开
最重要的是
还有另一颗一样的心儿
和你一起思一起盼
幸福
才得来

去跳舞

亲爱的
我们去跳舞好吗
去溪头舞
为清清欢淌的溪水而舞
去花丛舞
为甜甜吐芳的花儿而舞
去云端舞
为憨憨悠摇的云彩而舞
……
来吧
环着我的纤腰
看着我的烁目
我要紧搂你的健颈
轻闻你的鼻息
柔柔曼曼
为美丽的自然而舞
亲亲欢欢
为我们蜜一般的爱而舞

观舞醉

轻舞清梦缘
盈袖萦心田
一观柔曼姿
万印醉魂殿

姻缘循

一瞥快纵匆匆离
千里苦执沉沉掂
缘定三生无老时
姻为轮回循由来

水晶房

水晶的瓦墙
水晶的梁窗
水晶的书桌
赏诗画
水晶的温床
梦甜香
透透亮亮思情现
清清晰晰魂瞻朗
你可观我千百面
我将阅你百千遍
这是我们家
幻境水晶房

游京思乡

昨昔欢展今朝淡
不知佳人意为何
轻轻盈盈游京华
沉沉甸甸思故乡

思骨情

思骨梦话廊
新情忆云乡
举杯问心仪
续盏还别霜

为了爱

为什么眼睛在流泪
他在等着你
为什么声音正凄戚
他能读懂你
为什么放弃自己
他永远相信你
为什么看轻自己
他一直仰望你
只要这世界还有一个人爱着你
你就要好好爱惜自己
不负深情
不言褪弃

忆无眠

酒至微醺浓渴间
心若淡溪深渊悬
汝之芳颜软语飘
吾乃沉忆久无眠

播光

晨曦之光
金黄透亮
穿过密密高高的林排
越过长长远远的山岗
唱着喜悦的歌
跳着欢腾的舞
撒入田野里
苗儿的身躯汇入暖流
闻歌繁硕
阅舞茁壮

情穿

飞花不惧梦呓苦
磐石莫畏关山难
千头万绪柳丝穿
万语千言沙溪畔

少女

盈笑无绵话
清纱不珠插
淡漠人间事
林野自寻花

梦饮壶

轻凝深目立
久别柔唤香
浓渴唇吻壶
沉思心梦江

竹鸟香清

竹丝摇
摇入天阶系云廊
鸟脆啼
啼彻谷溪沾石舫
香梦滴
清悠长
化作一池碧
幻为九瑶浆

相思鸟

晨不恋蕊芳
暮无意晖煌
执情久梦藏
立洲独思相

游荷

荷花仙子
飘飘摇
她的美惊了云羞了霞
她应幻作一缕粉烟
盈盈妙入天际
不
我要游入水中
化为一尾粉灵
和爱慕我的锦鲤同游
永依

国学圣殿

宗学朱瓦檐
儒思孔门殿
关心千机理
仰首四方天

闺趣

闺阁无恼事
四季永春华
经书垫足榻
懒卧把掌花

渴雨

渴雨急降疾
涸山惜浸吸
香花褪罗裙
秀树解青衣

醉柳

冥冥柳丝彻
谆谆心言哲
情癫深几得
魂醉痴梦贺

永远的深情

不管多醉都想着你
心灵呼吸
无论多累都牵挂你
耳畔枕语
苦需你
甘霖
甜盼你
清溪
你是我永远的深情
恒久的思觅

心梦缘

心饮湖
梦枕江
柳缠花溪
抚静霜
云当妾
山为郎
雨传娇情
思绵长

寻烟

你总是
柔柔曼曼萦山绕
轻轻幻幻挂云牵
从不知你从哪里来
要到哪里去
我若想你了怎么办
如何寻
……
看看山
望望云
我一定在那里
就像个缥缈的梦
也有颗执着绵软的心
不舍得让相思的人苦苦追寻

雨后壮观

阔湖腾雄烟
屹山越壮天
雨去新景燃
目留华诗诞

柳烟园

邂逅之处
柳烟园
绵雨新歇
清华驻
纯烟萦芳尘
曼柳垂香露
你来了，绵长的柳丝牵你而来
我来了，柔妙的烟云引我而来
你似桃蕊投暖怀
我若深参护幼艾
初遇渊万载
触目知命然

万物灵

世上万物皆生灵
有情有魂
可懂可悟
芳草说
你的柔目停驻在我身上
暖了我
我要以新绿报答这双眼睛
幽兰说
你的轻抚为我拭去了浮尘
净了我
我要以莹嫩回敬这片软掌
……
善，灵之根
爱，灵之源

一定告诉你

当我爱上你的那一刻
我一定郑重地告诉你
我才不怕你笑我
爱一个人有什么可笑
爱却不敢开口才可笑
我也不怕周遭人说我错了
爱一个人没有过错
心动却碍于行动才过错
我就是爱你了
我自豪于爱你享受于爱你
一刻不迟疑
一丝不犹豫
我要明明白白告诉你
坦坦荡荡告诉你
我就是爱你

醇爱

你是小小新新的灵芽
我想让你茁茁硕硕地长大
可以是你健阔的肩膀
扛着你
甘心是你硬朗的脊梁
背负你
是你的眼睛
观海壮
是你的双耳
听雷狂
永远告诉你
我就在你身后
广袤宽抚你
我暖你天际长

享纵

享
何时享
此时
人生百岁息瞬匆
莫言他朝了烦恼
纵
哪般纵
尽纵
天地万生皆辛狂
非按步循现思肠

痴境

娇瓣轻垂银丝扭
管他姿肥还体瘦
梦呓初幽幻语柔
不问故渊是新友

送

黄昏中我送你
慢慢依依
心中多么不舍不舍
看着你的眼睛
那是一汪深深的潭波
我多么想纵身一跃
沉入沉入
沉入这潭的最底部
执着你的手儿
那是一朵软软的柔云
我多么想展翅翔羽
嵌进嵌进
嵌进这云的最深处
你却还是走了走了
我没能沉入也无法嵌进
只剩落叶在空中孤独地乱舞
昏鸦在枝头凄苦地倾诉
而我，只身踱步踱步
辗辗转转，反反复复
直到夜幕

舞台

在那高高的台上
无数双眼睛仰望着你
无数对耳朵恭听着你
无数颗心为你而震跳
你的一举一动是那样的光艳夺目
你的一字一语是如此的婉转悦耳
你的一颦一笑是这般的醉人怡情
舞台
为你打开才华的大门
领你进入艺术的殿堂
为你的梦想插上翅膀
让你飞进赞赏的心房

后　记

因为热爱，所以坚持，当一种坚持变成习惯，她就会像呼吸一样融入生命中。诗歌于我，就是融入了生命中的呼吸，我常流连沉醉于诗的海洋，默默追寻她的情意绵长，执恋她的磅礴浩瀚……从初次提笔，便一发不收，日久已书稿成摞。

2016年6月，我怀着惶恐的心情把我第一本诗集《艳阳春草》的初稿寄给了文化艺术出版社。与其说寄出的是诗稿，不如说寄出的是我的渴望与梦想，还有期待。真的没想到，很短的时间内便有了出版社的回复，他们同意出版这本诗集。当得知这个消息时，那种幸福、兴奋、激动，我一辈子也不会忘记。

在责任编辑巩建华老师的精心策划下，在出版社各位领导和老师们的悉心帮助下，《艳阳春草》终于在2016年9月出版了。她就像一个刚刚从襁褓里醒来的可爱婴孩，睁大了眼睛好奇地注视着这个美好的世界，同时也幸福地接受着人们对她的赞美和喜爱。

在此期间，我又完成了第二本诗集《艳阳夏露》的初稿，看着小天使们一个个地诞生，又挥动着翅膀向我飞来，我的心中有快乐、有自豪，然而更多的是无限的感动！与其说是我孕育了这些诗歌，不如说是诗歌创造了现在的我。诗歌让我懂得了什么是真切深厚的情感，什么是质朴隽永的相思，让我愈加坚强向上，越发努力向前。渐渐地在我心里厚植了这样一个理念——诗歌就是美好的所在！而且是最纯粹的最简朴的，因此也是最久最真的。

人们常常一心赶路而错过许多美好，不是美好不存在，而是我们没有用心去发现，没有用心去珍惜。感谢诗歌给我一次机会，重拾身边点点滴滴的美好，这种感觉真的是宛如重生，感觉所有的一切都焕然一新了！为了采撷更多的美好，我会不停地写下去；为了传播美好，我希望她们可以面向广大读者出版成书，这便是我写作的初心。

借此机会，再次感谢文化艺术出版社的各位领导和老师们，感谢你们对《艳阳》系列诗集的垂青与栽培；感谢我的家人和师长，感谢你们的理解和支持；感谢喜爱我作品的读者朋友们，感谢你们的欣赏和鼓励！

我愿意把诗歌的精神注入灵魂，让诗歌的风采永远飘荡在我的生活里。

王娴静

2016年12月